Straeon Sali Mali

Oen Bach ar Goll

Straeon Sali Mali

Oen Bach ar Goll

Stori Siân Lewis
yn seiliedig ar sgript wreiddiol Meinir Lynch

Lluniau Cynyrchiadau Siriol

CYMDEITHAS LYFRAU CEREDIGION Gyf

‘Me-e-e. Me-e-e.’

Beth oedd y sŵn yna?

Deffrodd Jac Do ganol nos ac agor un llygad. Roedd rhywun yn cadw sŵn y tu allan i dŷ Sali Mali.

Neidiodd Jac Do ar wely Sali Mali. Tynnodd y dillad gwely a chrawciodd yng nghlust ei ffrind.

'Crawc crawc crawc!'

'Beth sy'n bod, Jac Do?' gofynnodd Sali Mali.

Pwyntiodd Jac Do at y ffenest.

‘Me-e-e. Me-e-e.’

‘Beth yw’r sŵn yna?’ holodd Sali Mali.

Cododd ac aeth i sbecian rhwng y llenni.

‘Mae oen bach yn brefu yn yr ardd,’ meddai Sali Mali. ‘Edrych, Jac Do. Mae’r oen bach ar goll.’

Brysiodd Sali Mali i nôl yr oen a'i gario i'r tŷ.

'Me-e-e. Me-e-e,' brefodd yr oen yn drist.

'Cra-a-a-wc,' crawciodd Jac Do. Roedd o'n teimlo'n drist hefyd.

'Paid â phoeni, Jac Do,' meddai Sali Mali. 'Mi fydd yr oen bach yn teimlo'n well ar ôl cael tamaid i'w fwyta.'

Hedfanodd Jac Do i'r ardd i nôl bwyd i'r oen bach. Casglodd lond pig o laswellt blasus a'i roi ar y mat.

Daeth yr oen bach i'w sniffian.

'Sniff, sniff, sniff.' Sniff-sniffiodd yr oen bach y glaswellt am hir, ond wnaeth o mo'i fwyta.

'Cra-a-a-wc,' meddai Jac Do wrth Sali Mali.

‘O, Jac Do!’ meddai Sali Mali gan wenu ar ei ffrind pluog. ‘Fedr yr oen ddim bwyta glaswellt. Mae o’n rhy fach. Rhaid i ti roi llaeth iddo fo.’

‘Cra-awc!’ meddai Jac Do, a hedfanodd ar unwaith i nôl llaeth a soser.

Dododd Jac Do soseraid o laeth o dan drwyn yr oen bach.

'Sniff, sniff,' sniffiodd yr oen gan edrych yn drist ar Jac Do.

'O, Jac Do!' meddai Sali Mali. 'Fedr yr oen bach ddim yfed llaeth o'r soser. Mae o'n rhy fach. Aros i fi gael nôl potel.'

Arllwysodd Sali Mali'r llaeth i botel babi.

'Llwnc! Llwnc! Llwnc! Llwnc!' Roedd yr oen bach yn medru sugno llaeth o'r botel babi.

Sugnodd a sugnodd nes bod pob diferyn wedi ei lyncu.

'Crawc crawc,' meddai Jac Do'n hapus.

Ond doedd yr oen bach ddim yn hapus. Roedd o'n dal yn drist!

'Me-e-e-e-e,' brefodd.

Mae'r oen bach wedi blino, meddyliodd Jac Do. Pwysodd Jac Do ei ben ar ei adain i ddangos i Sali Mali.

‘Dwi’n meddwl dy fod ti’n iawn, Jac Do,’ meddai Sali Mali. ‘Mae’r oen bach wedi blino. Gwell i ni i gyd fynd i’r gwely.’

Aeth Jac Do i’w wely bach, aeth Sali Mali i’w gwely mawr, a gorweddodd yr oen yn ymyl Sali Mali.

Cyn hir roedd pawb yn cysgu'n drwm.

Ond yna...

'ME-E-E-E-E-E!'

'Beth oedd y sŵn mawr 'na?' holodd Sali Mali.

Deffrodd yr oen bach a sboncio at y ffenest.

Daeth 'ME-E-E-E-E!' o'r tu allan.

Daeth 'Me-e!' o'r tu mewn.

Cododd Sali Mali a Jac Do.

'Mae dafad yn brefu yn yr ardd,' meddai Sali Mali. 'Edrych, Jac Do. Mam yr oen bach yw hi. Mae hi wedi dod i chwilio amdano.'

Cariodd Sali Mali'r oen bach yn ôl i'r ardd. Sbonciodd yr oen bach fel pêl at ei fam.

'Mae'n hapus o'r diwedd,' meddai Sali Mali.

Roedd Jac Do'n hapus hefyd. Roedd pawb yn hapus!

‘Hwyl fawr, oen bach,’ meddai Sali Mali.

‘Me - me. Me-e,’ brefodd yr oen bach.

Roedd o’n dweud ‘Hwyl fawr’ a ‘Diolch’ wrth Jac Do a Sali Mali.

Aeth yr oen bach adre gyda'i fam ac aeth Sali Mali'n ôl i'r tŷ at ei ffrind bach arbennig hi.

'Mae'n amser gwely – unwaith eto,' meddai Sali Mali. 'Nos da, Jac Do.'

'Llwnc, llwnc,' meddai Jac Do.

Cyhoeddwyd gan Gymdeithas Lyfrau Ceredigion Gyf.,
Ystafell B5, Y Coleg Diwinyddol Unedig, Stryd y Brenin,
Aberystwyth, Ceredigion SY23 2LT.
Argraffiad cyntaf: Awst 2001

Stori gan Siân Lewis
yn seiliedig ar sgript wreiddiol Meinir Lynch
a ysgrifennwyd ar gyfer Cynyrchiadau Siriol ac S4C.
Cymeriad a grëwyd gan
Mary Vaughan Jones yw Sali Mali.

ISBN 1-902416-50-3

Diolch i adrannau Cyngor Llyfrau Cymru am bob cymorth.
Dyluniad gan Gary Evans.
Argraffwyd gan Wasg Gomer, Llandysul SA44 4QL.